BYD BACH DY HUN

I Noah, Swyn, Reuben,
Cai, Lleucu a Harri

BYD BACH DY HUN

Sioned Medi Evans

y Lolfa

Diolch o galon i Meinir am ei brwdfrydedd a'r cydweithio rhwydd.

A diolch i Mam am bob dim.

Argraffiad cyntaf: 2022

Rhif Llyfr Rhyngwladol: 978 1 80099 292 4

Dymuna'r cyhoeddwyr gydnabod cymorth ariannol Cyngor Llyfrau Cymru

Cyhoeddwyd ac argraffwyd yng Nghymru
ar bapur o goedwigoedd cynaliadwy gan
Y Lolfa Cyf., Talybont, Ceredigion SY24 5HE
e-bost ylolfa@ylolfa.com
gwefan www.ylolfa.com
ffôn 01970 832 304
ffacs 01970 832 782

Helô!
Sut wyt ti heddiw?

Wyt ti’n byw yn dy fyd bach dy hun,

yn hoff o ganu cân neu dynnu llun?

Yn dy fyd di, wyt ti'n gweld y lleuad a'r sêr,

a thai mawr moethus yn llawn stafelloedd blêr?

Wyt ti'n gweld y blodau a'r coed a'r môr,

ac adar a phryfaid yn canu mewn côr?

Oes yna lefydd i chwarae ac i guddio,

a lle braf i orwedd pan fyddi di'n blino?

Yn dy fyd bach di, ydy'r bobol yn glên,

yn barod i helpu a wastad â gwên?

Wyt ti'n gallu cyfri yr anifeiliaid i gyd?

Sawl un sy'n byw gyda ti yn dy fyd?

Ydy byd bach pawb o dy gwmpas yn wahanol?

Beth sy'n eu gwneud nhw i gyd yn ddiddorol?

Mae pob byd bach yn rhannu'r un blaned.

Sawl byd bach sydd arni hi tybed?

Ac wrth i'r haul dywynnu ar ambell i fyd,

bydd eira yn disgyn ar fyd arall 'run pryd.

Ac os bydd gen ti ofn neu os wyt ti'n poeni,

bydd dy fyd bach di'n aros amdanat ti...

... trwy'r gwynt a'r glaw,

trwy bob storm a ddaw.

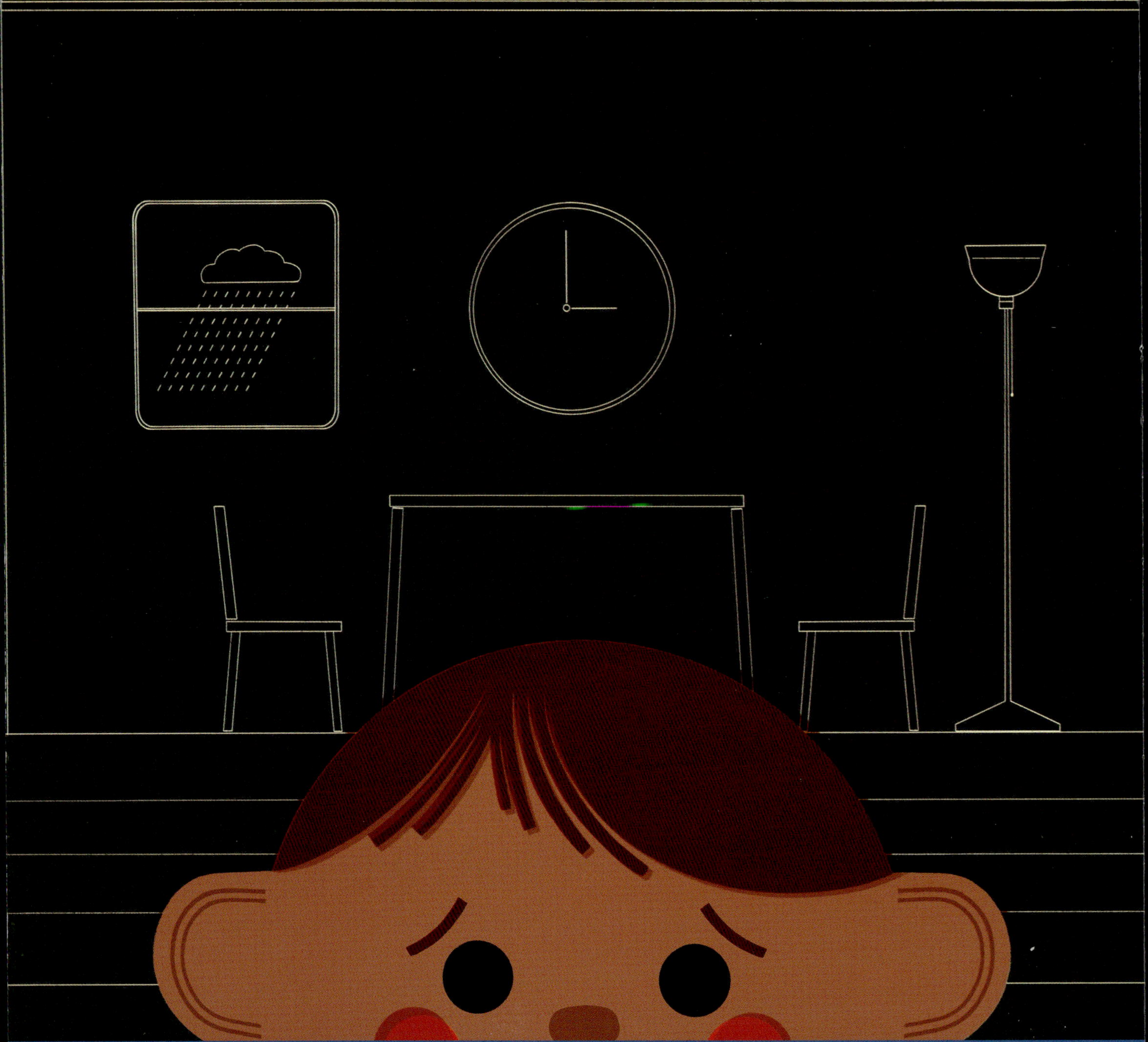

A phan fydd dy fyd a'i ben i lawr,

yn hen le tywyll, fel gofod mawr...

… anadla'n ddwfn, a chyfra i dri,

mae byd pawb arall angen dy fyd bach di.